Villa Boa de Goyaz

**Obras de Cora Coralina
publicadas pela Global Editora**

Adultas

Cora coragem Cora poesia*

Doceira e poeta

Estórias da casa velha da ponte

Melhores poemas Cora Coralina

Meu livro de cordel

O tesouro da casa velha

Poemas dos becos de Goiás e estórias mais

Villa Boa de Goyaz

Vintém de cobre

Infantis

A menina, o cofrinho e a vovó

A moeda de ouro que um pato engoliu

Antiguidades

As cocadas

Contas de dividir e trinta e seis bolos

De medos e assombrações

Lembranças de Aninha

O prato azul-pombinho

Os Meninos Verdes

Poema do milho

* Biografia de Cora Coralina escrita por sua filha Vicência Brêtas Tahan.

Cora Coralina
Villa Boa de Goyaz

São Paulo
2023

global
editora

© Vicência Brêtas Tahan, 2011

4ª Edição, Global Editora, São Paulo 2023

Jefferson L. Alves – diretor editorial
Flávio Samuel – gerente de produção
Victor Burton – capa
Equipe Global Editora – produção editorial e gráfica

Dados Internacionais de Catalogação na Publicação (CIP)
(Câmara Brasileira do Livro, SP, Brasil)

Coralina, Cora, 1889-1985
　　Villa Boa de Goyaz / Cora Coralina. – 4. ed. – São Paulo : Global Editora, 2023.

　　ISBN 978-65-5612-505-3

　　1. Poesia brasileira I. Título.

23-161376　　　　　　　　　　　　　　　　　　　　CDD-B869.1

Índices para catálogo sistemático:
1. Poesia : Literatura brasileira　　B869.1

Cibele Maria Dias - Bibliotecária - CRB-8/9427

Obra atualizada conforme o
NOVO ACORDO ORTOGRÁFICO DA LÍNGUA PORTUGUESA

Global Editora e Distribuidora Ltda.
Rua Pirapitingui, 111 – Liberdade
CEP 01508-020 – São Paulo – SP
Tel.: (11) 3277-7999
e-mail: global@globaleditora.com.br

- grupoeditorialglobal.com.br
- @globaleditora
- /globaleditora
- @globaleditora
- /globaleditora
- /globaleditora
- blog.grupoeditorialglobal.com.br

Direitos reservados.
Colabore com a produção científica e cultural.
Proibida a reprodução total ou parcial desta
obra sem a autorização do editor.

Nº de Catálogo: **2290.NE**

A Global Editora tem o privilégio de lançar mais um volume da coleção Cora Coralina.

Preservados pela família de Cora Coralina, vários textos inéditos da poeta foram selecionados, tendo como tema a cidade de Villa Boa de Goyaz, que agora é *patrimônio da humanidade*, segundo a Unesco.

Em prosa e verso, este é o canto de amor de Aninha por sua cidade.

Os editores

O Velho Telhado

A Casa Velha da Ponte está sendo descoberta, desnudada e violentada, desde o dia 4; despojada de sua velha cobertura. Destelhada. Removido seu encaibrado e ripado. Suas paredes empenadas e sujas ressalvando, ereto, seu rude travejamento em aroeiras seculares, enegrecidas pelo tempo, ora descobertas e expostas no alto das velhas paredes.

Sua ossatura branca, chamando atenção de passantes; seus pontaletes, linhas e cumieiras medidas pela força dos braços escravos que a construíram assim fortes, em pedras e esteios, mesmo encostadas ao rio e encabeçadas na ponte, numa ambivalência do feito e dos que fizeram tudo descomunal e forte.

A Casa Velha é uma virgem muito velha, recatada, recoberta de telhas, que só agora entrega aos carpinteiros seu velho e negro telhado, suas telhas arrancadas, uma a uma, como casca, jogadas ao Rio Vermelho.

Tudo aqui ressalta a força muscular e bruta do escravo, tangido pelo relho do feitor, quando seus braços, seu peito, seus nervos tinham que levantar linhas e cumieiras lavradas a machado, descomunais, encaixadas na cava, tudo acertado e ajustado nas medidas e cortes primitivos. João, Manoel, Pedro, Raimundo, Isaías, filhos negros da negra África, que morte os levou, que terra os comeu, para sempre em paz?

Duzentos anos de poeira acumulada e desalojada com a remoção das telhas negras e da madeira escura e arcada ao peso dos anos; e vão aparecendo os pregos quadrados da nossa siderurgia inicial e primária, que já muito serviu ao velho Goiás; trabalho de forja onde se maneiravam chaves de broca, correntes, pregos, gonzos e dobradiças arqueológicas, que vão desaparecendo com as reconstruções e que só se encontra em Goiás...

Duzentos anos de entulhos caindo no chão, sobre a velha e teimosa Aninha...

Sinos de Goiás

À cidade de Goiás, embora pequena, não lhe faltam sinos.

Os antigos tinham profunda fé nos seus santos e como as moradas eram singelas e os hábitos modestos, eles deixavam luxos e requintes para os templos que levantavam. Eram, então, grossos paredões, portas enormes, soleiras de pedras, arcos, coros bem altos, torres e cornijas, belíssimos altares de talha, frisas, colunatas, florões, relevos e muito dourado.

Ali, com simples decência ou raro esplendor, instalavam as imagens de seus santos padroeiros.

Vinham elas do Reino ou eram esculturadas aqui mesmo, ficando, dessa época, as antigas esculturas enroupadas, que a liturgia modificou e acabou proibindo, ressalvando apenas o que já existia.

Como documento de tão grande fé, a cidade conta seis igrejas sob invocações diferentes. Quatro foram levantadas sob o patrocínio da Virgem: Boa Morte, Rosário, Carmo e Abadia. A Matriz de Sant'Ana, hoje Catedral, caiada há mais de um século, vai se levantando, reconstruída pelo notável empenho de uma jovem goiana, que tomou a iniciativa feliz de conjugar esforços e articular o auxílio dos goianos dispersos, mas sempre unidos na boa vontade e cooperação de tudo que diz respeito a seu estado. O grande estímulo desse empreendimento vem do nosso Vigário Capitular, Senhor Dom Abel Ribeiro, goiano, pela graça de Deus.

A cidade tem mais: a igrejinha de Santa Bárbara, vigilante no seu alto morro; a de São Francisco, largamente assentada num bloco de pedras com sua escadaria de acesso e, Aparecida de Areias, na altivez de um serrote a cavaleiro do pequeno burgo decadente.

Nem podia deixar de ser assim, dentro da lógica primitiva da fé que não permitia, aos antigos, ver um morro que sobre ele não levantassem uma igreja ou simples cruzeiro.

Além desses, a cidade conta cinco capelas nas suas instituições assistenciais e vocacional, e outra mais – belíssima, verdadeiro templo – no Colégio Sant'Ana. Todas elas reverenciando, de forma perene, a Divina Presença.

Cada uma das igrejas tem seus sinos em torres separadas com tema de pequenos carrilhões. Na acústica poderosa da cidade – aninhada no convexo dos vales –, sinos, rádios, transmissores, ampliadores e até o canto dos galos, nas madrugadas enluaradas, têm uma sonoridade maravilhosa que não pertence a nenhum outro lugar.

Os sinos, então, conjugados por autênticos sineiros que cresceram nas torres, falam, chamam, soluçam, plangem. São argentinos, graves, fúnebres e dolentes, numa escala cromática de sons harmonizados ou díspares que rolando pelo espaço vão se perder nas quebradas distantes da serrania imensa, levantando os corações para o alto.

A gama sonora vai do pequeno toque ao grande dobre e é a entrada, o sinal, a procissão. Procissão saindo, procissão entrando. Reza. Missa. Novena. Tríduo. Missa solene, com seu toque repetido e festivo. Repiquete no Carmo. Dobre na Abadia. A cidade acorda com os sinos... são as matinas. A do Rosário avisa com 23 pancadas. A Boa Morte, quando o sineiro está em dia, responde com 94 badaladas. Trindades ao meio-dia e vésperas pela tarde.

Ninguém aqui desce à cova sem sinal de sino, já se sabe. Esse, então, varia de igreja, de bronze e de categoria, pode ser anjo com seu toque argentino: stá no céu... stá no céu... stá no céu... coitadim... coitadim... coitadiiinho... Pode ser irmão: consolo... consolo... consoolooo... chora não... chora não... chora nãoãoão... Vai por aí a plangência de finados, que a gente ouve com respeitoso temor, encomendando a alma dos mortos e perguntando o nome do que se foi.

Dizem alguns que Goiás se parece com Ouro Preto... Digo eu, com restrições... sem a riqueza das igrejas e dos palácios, sem o grande histórico, sem Tiradentes e sem Marília...

Muito tempo longe de Goiás, passei a desentender a linguagem dos bronzes e querendo me inteirar das ocorrências badaladas, apelo para a instância superior representada por Júlia, com seus 50 anos de Casa Velha e sua comprovada sabedoria, do que vai pelo espaço.

– Júlia, é anjinho que estão tocando?

– Não senhora, dona Anica, é pecador.

– Como assim, Júlia?

– O camarim do Senhor dos Passos não toca anjinho,

só bate defunto...

– É homem ou mulher, Júlia?

– É homem, dona Anica; a senhora não vê que é só o grossão?

Júlia vai traduzindo em linguagem figurada, pitoresca, a fala mais alegre ou lamentosa dos sinos.

Mutações

Muita rua da cidade
mudou de nome.
Ritintin – mudou de nome.
Chafariz – mudou de nome.
Rua Nova – mudou de nome.
Detraz da Abadia também.
Beco virou travessa.
Outras, nem nome têm.
Rua do Fogo se apagou,
nas vielas não se toca.
Beco da Morte é pecado.
Do Cotovelo é suspeito.
Rua Joaquim Rodrigues
virou 13 de Maio,
passou pra Joaquim de Bastos.
Não sei onde vai parar
tanta mudança de nome.

Mudar nome de rua é fácil.
Mudar jeito de rua, não.
Dar calçamento e limpeza
é coisa muito impossível.

Só não mudou nome em Goiás
o Beco da Vila Rica.
Por ser muito pobre e sujo
contrário lhe assenta o nome.
Se há de ser beco do sujo pobre
seja mesmo da Vila Rica
com toda sua pobreza.

Um Carnaval Antigo

Com pimenta ou sem pimenta.
Soltem a Joana!
Soltem a Joana, já e já.
Tudo é carnaval.

Solte a Joana, delegado
Tudo é carnaval
Solte a Joana. Solte a Joana.
Joana é do carnaval.

Era essa cantoria – um coro de vozes em falsete e assovios e baticum[1] de bumbos e tambores – que se fazia ouvir da porta da cadeia, descendo para as ruas da velha e romântica Goiás. Isto, seja dito, no século passado, no tempo de Goiás com y e com z.

---

[1] Baticum: barulho de sapateado e palmas.

Era um carnaval humorístico, à moda do tempo, que fazia rir o país inteiro, a começar pelo Rio de Janeiro. Um carnaval de gente jovem e barulhenta; aproveitavam a folga para malhar atos e prepotências de autoridades, exageros e acontecimentos, pessoas e autoridades mal-orientadas. No fundo muito riso, malícia. Inofensiva. Ironizava, sem ofender.

O caso, de que guardei memória e conto, não foi malhação política nem crítica que as autoridades mereciam, e muito, apenas brincadeira da rapaziada bilontra, onde entrava como peça principal a crioula Joana, festeira fogosa, que trazia a cidade em rebuliço, de que muitos gostavam e riam com vontade.

Joana era cria – ventre livre – da casa de Luiz Nunes, filha da escrava, e abalizada cozinheira, Maria Nunes. Sim, que a gente sujeita[2] do tempo, se identificava com o sobrenome dos antigos senhores, o que esses aceitavam. Tais nomes abonavam, mesmo, a conduta dos escravos, espécie de patente e reconhecimento, válido para os dois lados.

Seguinte: Anoca Santa Cruz, cunhada de Luiz Nunes, era no tempo, a pessoa mais considerada e respeitada na sociedade goiana naqueles longes passados. Figurinista original e ousada. Ditava moda e sua área magnética era avançada e dominadora. Tinha lançado moda de ramo de pimenta malagueta no penteado alto, do tempo: "Penteado

---

[2] Gente sujeita: escravos.
[3] "Barreto Frísgio": barrete frígio, na efígie da República, nas moedas brasileiras.

Barreto Frísgio"[3] – símbolo republicano, recém-instalado, assim chamado, virou moda e a mocidade goiana passou a se enfeitar de galhos de pimenta, quebrados das pimenteiras. E foi que Joana Nunes, esfuziante e brincalhona, arranjou, com Anoca, vestidos e sapatos usados. Levantou a trunfa[4] e enramou de pimenta: tentou uma caracterização. Não satisfeita, quebrou pela base uma pimenteira e amarrou na cintura e entrou gingando no cordão da rapaziada, chamado, no tempo, Zé Pereira. Era o que faltava.

Os bilontras[5] abriram alas e Joana, saracoteando um batuque e dando umbigadas, descia as ruas apinhadas, portas e janelas abertas, molecada aos gritos, com fantasias e máscaras incríveis. Bumbos e tambores, caixas e gaitas, o barulho armado e Joana alegrando, comedida nos seus gracejos. Só que a mulata não podia beber – virava fogo – e foi que certa hora lhe deram um martelo de bebida forte.

Era o que faltava!

Joana, que já era do barulho, cresceu na louca gingando e correndo. Rompeu o Zé Pereira, arrancando punhados de pimenta e passando a esfregar na cara daqueles que alcançava. A correria doida, gritos e assovios. Os bumbos e corneteiros, que vinham atrás, sem perceberem a desordem da frente, atacavam de rijo. Chegou a vez deles; Joana atacou com fogo. Aí foi a debandada. Janelas e portas se fechando e alguns se jogando no rio, e a mulata se livrando das roupas e pimenta, no meio da rua. A autoridade se fez presente e prendeu Joana. O Zé Pereira se refez, os grupos

---

[4] Trunfa: penteado antigo, grenha, cabelo despenteado.
[5] Bilontra: velhaco, espertalhão, indivíduo atirado à conquista.

de bumbos e tambores, gaitas e matracas se uniram. Consideraram que Joana merecia solidariedade e foram para a frente da cadeia, em defesa da comparsa. A esse tempo, Luiz Nunes já tinha se entendido com o delegado e os ventos sopravam a favor.

– Que seja liberada a mulata, sem pimenta e composta.

Arranjaram uma cadeira; assentaram a mulata e a carregaram nos ombros, e veio o cordão pelas ruas, novamente cheias; portas e janelas abertas e toda a cidade, alegre, entoando o refrão:

Seu delegado, solta a Joana.
Ela é do carnaval!

Rompia, em falsete, um mascarado.

Solta a Joana, – respondia o corso.
Solta, solta.
Ela é do carnaval!
Com pimenta ou sem pimenta.
Nós queremos é brincar.
Solta, solta a Joana!

Joana foi reconduzida, em triunfo! Uma consagração! Alegria geral!

Foi o melhor carnaval de um tempo do qual ninguém mais se lembra.

Goiás e Suas Uvas

A uva em Goiás produz duas vezes por ano. E não é coisinha à toa, cacho aqui, cachinho catado ali, não, senhor. Carrega de verdade e produz com abundância.

Quando os vinhedos de outros lugares estão desfolhados, de gavinhas secas ou na tesoura de poda, os de Goiás estão refolhados, verdes e pendurados de cachos. Os vendelhões andam pelas ruas com seus pregões e coroados de vide, digo, com tabuleiros de uvas na cabeça, a vinte mil réis o prato.

Todo quintal grande ou chácara de arrabalde tem seu parreiral bem podado – em março para as uvas de julho e agosto e em setembro para as frutas de janeiro. É a planta reverenciada de Goiás. E como produz, e como são boas, doces e perfumadas...

Cada casa tem sua latada e fabrica seu pote de vinho caseiro para uso particular, brinde a um amigo do peito, presentinho a um político de prestígio e bandeja de cálices às visitas da sala. E que vinho, senhor

Deus das vinhas! Só mesmo bebendo com moderação e respeito para lhe sentir o espírito e o aroma. O *bouquet*, como dizem os que mais sabem.

Sendo assim, por que não se desenvolve em Goiás uma grande plantação de videiras e consequente fabricação de vinho, perguntará o leitor. A razão é remota e complexa, mas explica essa e outras contradições do país. O Brasil tem oito milhões de quilômetros quadrados e uns parcos setenta milhões de habitantes, aglutinados na sua faixa litorânea. O interior, de fraca demografia, pode-se dizer, é despovoado.

Falta gente para uma cultura de tradição e de classe como a uva e para uma indústria de requisitos e de nobreza como o vinho.

Faltam braços, falta vontade e falta iniciativa.

Dizem que há anos o município vem recebendo uma verba de subvenção federal para incentivar a cultura da uva em Goiás e que essa verba escorre de sua finalidade específica, engrossa outras verbas menores e aplica-se a fins não muito bem especificados. Sempre foi isso mesmo por aqui. Terra que dá aos seus vinhedos duas safras anuais e safras que dão seu vinhozinho saboroso, parco e caseiro.

No fim do século passado, ali por volta de um mil oitocentos e setenta e tantos (1878), um filho do lugar, descendente de alemães, entusiasmado com as uvas conterrâneas, associou-se com um estrangeiro que aqui aportou e resolveram, os dois, fazer um grande plantio de videiras, na base do mais puro otimismo.

O de fora tinha chegado acompanhado de uma tropa que voltava de Uberaba, numa prontidão rigorosa. Trazia muita coragem e a roupa do corpo.

O da terra sofria daquela incurável pobreza goiana dos velhos tempos, no entanto sempre morara em casa própria, que a esposa levara de dote.

Vendeu a casa e comprou uma chácara com alguns hectares de terreno, na confluência do Manoel Gomes e do Rio Vermelho, caminho da Carioca, encostado na cidade. Levou a família, mulher e filhos a morar com a mãe, até que a uva plantada desse dinheiro para se comprar outra casa de novo.

Enquanto preparava o terreno e se abacelava, deram andamento a ranchos e galpões. Cuidaram também de montar uma pequena oficina de tanoeiro, mestreada por um velho oficial desse ramo, inexplicavelmente encontrado nestes cafundórios.

A essa altura, os alporques tinham pegado direito e uma dívida também tinha se enxertado direitinho na pequena oficina, para ser paga com o vinho da primeira safra.

Os sócios, animados e otimistas, quando não estavam às voltas com os bacelos, revendo, zelando e mondando, ajudavam o mestre tanoeiro, feito aprendizes de ofício.

A cidade, depois de ter duvidado do êxito, atirado pedras simbólicas, classificado de loucos os idealistas e procurado demolir a iniciativa, acabou rendida e alvissareira.

O Goyaz, jornal da terra, querendo dar um "furo", noticiou o empreendimento em caixa alta e de forma encorajadora: "prevendo para a cidade de Anhanguera, um surto industrial, assentado nas possibilidades da terra, aqui como ali, dadivosa e boa".

Ao tropo bombástico, acrescentou inadvertidamente que a oficina de tanoaria, muito bem montada, tinha já um grande estoque de quintos, décimos, quartolas, dornas e pipotes, esperando pelo vinho e que já estavam cuidando de montar o grande lagar.

Aí veio de contrapeso o imprevisto.

Contam os coevos: com a notícia bombástica da gazeta e o rebuliço dos comentários, a Câmara da Intendência se reuniu, e muito ciosa de suas prerrogativas e um tanto preocupada com a debilidade congênita das finanças do Município, considerou o Colendo Conselho Municipal que era chegada a hora de encher os cofres.

Pensaram e confabularam os senhores Conselheiros, unânimes votaram, por antecipação, um estatuto fiscal sobre o vinho a ser fabricado no Município, uma taxa de 40 réis sobre cada videira formada e um imposto esmagador sobre a pequena oficina endividada.

Os idealistas acharam que era prepotência, picardia, perseguição política e animosidade pessoal, aquelas medidas extemporâneas. Melindrados e ressentidos, abandonaram os bacelos e foram cuidar de outra coisa.

A tanoaria fechou as portas; e para pagar suas dívidas, vendeu os pipotes, quintos, dornas e quartolas vazias para os fabricantes de cachaça, que, não sendo idealistas, sempre viveram sólidos e sabidos, apoiados nos seus velhos alambiques.

Maravilhas da Casa Velha da Ponte

Na Casa Velha os quartos têm nome: varandinha, quarto escuro, quarto do oratório, alcova da vó Fiinha, sobradão, sobradinho, quarto da Felizarda.

O quarto donde escrevo chama-se sobradinho. A janela do sobradinho olha o rio e eu, da janela, olho o mundo. Vejo a ponte, em ângulo, o Hotel Municipal, o banco de pedra, um pedaço de cais e gente que passa. Vejo um poste alto e uma rede de fios saindo das piorras de louça branca. Desce do alto do poste em fio inclinado que atravessa o rio e vem se encravar na base do velho muro da Casa Velha.

Mais que depressa, um São Caetano equilibrista e desocupado começou a fazer acrobacias no fio e deu sinal para uma trepadeirinha nova que estava espiando e, muito exibida, aceitou a competição. Vai subindo devagar, franjando, teimando, vencendo a aposta com a trepadeira.

Uma velha colônia de Martim Pescador, de meu tempo de menina, vive, ainda, por aqui, bem instalada e bem governada, no muro de pedra cheio de mato da Casa Velha, na beira do velho rio. Andam fardados de uniforme azul bri-

lhante, pala branca e capacete alto. Tem tratados de mági-
cas, de mergulho e técnicas em pescaria. Um casal moderni-
zado pratica esporte. Faz trampolim do fio esticado. São os
aqualoucos do rio e ninguém paga pra ver. Um moleque
espiou do cais e jogou pedra... não acertou. Bem feito!
Jogou um caroço de manga e deu vaia de assovio...
Invejoso...

A Catedral de Goiás

Levantam-se, postas
duas mãos pequenas de mulher...
É só o que se vê.
O mais, a face, o nome
A modéstia esconde.

Levantam-se juntas
em postura humilde
essas mãos pequenas
que vão movendo
pedras e tijolos,
cal, areia e cimento
e homens sobre andaime.

E o velho paredão de pedras,
enegrecido pelos sóis e pelas chuvas,
desmantelado, há tanto tempo,
sem esperança e sem conforto
no olhar indiferente dos homens
rejuvenescido se levanta.
Apruma e se alteia para o espaço
afirmando a Fé no coração dos simples.

Duas mãos pequenas
de mulher
se estenderam de porta em porta
dos filhos de Goiás,
pedindo a sobra das mesas fartas.

Juntando aparas,
catando migalhas,
batendo na porta
dos corações,
essas mãos pequenas
no milagre da Fé,
multiplicam a esmola
que levanta a Catedral.

No silêncio da noite,
quando as luzes racionadas
se apagam na cidade,
da velha Matriz vejo sair
uma solene procissão de bispos,
de velhos cônegos
e de antigos clérigos
e monsenhores
do tempo da Matriz de pé,
do tempo da Matriz caída.
Políticos e governantes,
desembargadores e brigadeiros,
ricos e indigentes
passam lentamente,
olhando irreverentes,
a Catedral que se levanta
do montão de ruínas.

E avistam duas mãos
pequenas de mulher,
batendo na porta dos corações,
multiplicando pela Fé,
a esmola que levanta
a Catedral.

Um Vencedor

Não é fantasia esta narração.

Chama-se Luiz de Tal. Vive, trabalha e mora em Goiás. Passa todos os dias pela nossa ponte. Toma o cais e vai ao mercado. Leva, nos dois ombros largos, pesados sacos pendentes de duas bocas; dependurado nos braços, leva mais um saco de alça ou picuá; nas mãos não leva nada, porque não tem mãos.

Morava na roça, distante de Goiás doze quilômetros e fora da estrada da "jardineira". Sempre ajudou o pai, desde pequeno. Começou como candeeiro[1] de carro de boi, quando outro serviço não podia fazer, isso com cinco anos. Tão pequeno e tão fino era, que os bois de guia o tiravam da frente quando se sentiam atrapalhados, usando os chifres, e o passavam para o lado, isso sem molestar.

O pai ralhou um dia:

– Ô menino, como é que puxa guia do lado? Candeeiro é na frente.

– O boi é que me tira pai! – gritou o menino pequeno.

---

[1] Candeeiro: guia de carro de boi ou carreta.

41

– Passa pra frente, inzoneiro! – gritou o pai.

Mas ficou reparando. Olhou os bois. Em pouco viu o guia da esquerda passar o chifrão no menino e botá ele de lado. Só aí acreditou que boi tinha outro entendimento, que não somente puxar peso.

Com oito anos, a família foi assistir, em Itaberaí, a festa de N. Senhora da Abadia e o casamento de uns parentes. Levaram os filhos, que a esse tempo eram oito. Da cidade foram para o sítio dos parentes, ajudar na festa do casório.

Não se sabe como, uma porteira do curral despencou do moirão, com o menino. Deus ajudou e o menino caiu numa parte funda e a porteira muito larga apoiou nos barrancos, mas sempre raspou pelas pernas e arrancou pela nuca o couro cabeludo que remontou para o alto da cabeça.

Não foi nada. O pai acudiu; carregou o menino e como não haveria outro jeito, nem recursos naquela distância, e a ocupação da festa esperando os noivos, o pai mesmo tomou uma agulha grossa e costurou o couro da cabeça e deu certinho, nem inflamou.

Voltaram para a fazenda de Goiás e tempos depois o menino cai do pé de jaracatiá e dias depois apresenta um tumor nas costas. Foi crescendo. A cidade longe. Falta de condução ligeira. Daí a dias o menino nem podia mais mexer os braços. O pai olhou e disse:

– Só tem um jeito.

Tomou a tesoura de tosar a tropa; passou a lima; limpou; enfiou na pinga e... meteu a ponta com coragem. Escorreu uma bacia de maldade. Daí a dias o menino estava brincando.

Coisas menores aconteceram e o tempo foi passando e Luiz cresceu ajudando o pai. Se este era trabalhador, o filho agora com dezessete anos dizia:

– Arreda, que sou eu.

Era aquele o último dia da moagem no sítio. Naquela temporada restava moer o último feixe. O Luiz, de um lado, pisava a cana nas moendas de pau; o irmão devolvia, do outro. O boi, rodando, puxava a almanjarra. O pai ia saindo da bagaceira – o serviço ali estava no fim. Gritou uma ordem; o filho quis ouvir de novo, esqueceu a mão esquerda que segurava a cana e lá se foi na moenda. Um grito desesperado!

O pai volta-se. Seria o boi da almanjarra solto?

Ele mais o outro filho, já agora ajudado pela mulher e pelas filhas, faz voltar as moendas e solta aquela mão esmigalhada. Envolvem tudo num lenço; pegam o animal, arreiam e o rapaz viaja doze quilômetros. Para o Dr. Astúrios lhe amputar a mão e as falanges. Sobra só um dedo, que o médico fez repuxar e que salvou. Para alguma coisa havia de servir, embora destituído de articulação.

Três dias depois o rapaz voltava para o sítio com o coto envolvido em gaze, mas refeito. Voltou ao trabalho. Cortavam e rachavam lenha. O rapaz manejava o machado com desembaraço, ajudado com o braço operado. Lá uma hora o machado resvalou do pau e entrou no pé do moço, abrindo uma fenda larga. Veio o pai. Carregou o filho. Rasgou a camisa; amarrou bem amarrado e o rapaz foi mancando pra casa.

O pai tinha quatro filhos e quatro filhas. Apareceu um comprador para o sítio. Resolveu vender e mudar para a cidade. As filhas foram para o estudo ou costura e os filhos negociavam com o dinheiro, com a vigilância dele.

Um deles montou máquina de arroz e assentou ali um desintegrador, tudo à eletricidade. O Luiz ajudava um pouco, sempre disposto e nem sentindo a invalidez parcial; alegre e bem-humorado.

Aquele dia o irmão deixou a máquina um instante com o desintegrador ligado na chave. Luiz, em cima de um monte de espigas, na palha, lançava na caixa e via as engrenagens pegarem e esmoerem tudo: a espiga que entrava na palha saía em farelos na caixa e ia sendo ensacado pelo empregado. Mas aquela espiga caiu de mau jeito e a engrenagem rodava sem colher a espiga. Meteu o braço válido, acertou a espiga e a mão. A engrenagem colheu tudo. Dizem que ele escorregou do monte de milho. Pode ser. O certo é que gritou e deu um arrancão tão forte, que saltou qualquer coisa. A transmissão parou e o ajudante parafusou as peças para soltar a mão esmagada até o começo do antebraço. Tanto, o Luiz sentou na porta da máquina e ficou ali esperando pela volta do irmão. Alguns viram ele, de longe, sentado na porta e tiveram a impressão de que ele tinha pendurado na mão um quilo de carne desembrulhada, nem ligaram.

Chegou o irmão. Quis pedir um automóvel para levá-lo ao hospital. Dispensou. Iria, muito bem, a pé. Deram-lhe uma cama, enquanto esperava o médico e um prato para acomodar a mão triturada. Dispensou auxílio para subir na mesa de operação. Aceitou o clorofórmio e o Dr. Astúrios fez a amputação, debaixo do cotovelo. Ficou três dias no hospital e no fim de semana já não trazia atadura no coto e passava pela nossa casa atravessando a ponte da Sapa e ganhava o cais rumo ao mercado, levando sacos de duas arrobas, nos ombros possantes e picuás pendurados nos braços amputados.

Passa, porte alto, firme e desenvolto. Tem andar balanceado de navegante em terra, tem arrojo. Não conta, nem esconde o acontecido. Não depende de quem quer que seja para levar o alimento à boca e para suas necessidades. Serve a família como sempre e faz muito negócio de compra e venda, dentro do mercado.

É um vencedor, com sua dupla mutilação!

Azul e Branco

Azul e branco.
Azul e branco.
Azul e branco.
Duas a duas,
três a três,
quatro a quatro,
uma a uma.
Azul e branco.
Azul e branco,
aqui, ali
nas ruas, nas casas,
nas igrejas.
Indo e vindo.
Azul e branco.
Azul e branco.
E livros.
Muita classe,
Muita linha.
Exemplares – moças do Colégio.

Uma a uma.
Duas a duas.
Em grupos. Dispersas.
Aqui e ali,
marcadas, marcantes.
Azul e branco.
Livros e cadernos.
Marca do Colégio:
nobreza, distinção.
Marca da casa
que nos recebe:
polimento, instrução.
Alunas hoje.
Ex-alunas, amanhã.
E outra geração virá
depois da minha.
E mais outra
e mais outra
e mais outra,
fazendo ronda
fazendo roda
em volta de alguém
que se respeita
e que se quer muito bem,
sem se saber.
E vem depois de muito tempo
as saudades do Colégio,

superiora, professoras, Irmãs,
e a branca capela
onde a gente reza
pedindo coisas lá de fora,
que a gente imagina tão boas
porque não conhece
a vida sofrida
lá de fora.
Azul e branco.
Azul e branco.
Azul e branco.
Vai passando, repassando,
levando mensagens do Colégio.
E depois do sonho realizado,
depois do desencanto
e do acordar,
voltam em peregrinação
lembranças e gratidão,
doçuras novas, imprevistas
encontradas no passado.
E a gente que partiu
ansiosa, moça e afoita,
volta – graças a Deus!
Pergunta pelas Irmãs.
Relembra a Santa Madre.
Reverencia passagens, memórias.
E traz filhos pela mão.

Oração de Natal

Acordo. Escuto o sino das igrejas. A do Rosário e a da Boa Morte têm as portas abertas e os altares iluminados. O Rio Vermelho rola confuso suas águas engrossadas e crespas. Vai uma chuva mansa e leve pela cidade tranquila. Os morros escuros vestiram alvas de névoas. Passa gente na ponte conversando coisas simples e retas, demandando as igrejas para a missa da meia-noite.

A criança vai chegar. A esperança e a certeza de sua vinda, vinte séculos passados, ainda têm a força de emocionar os corações. Mais ou menos mal, a humanidade ainda se prepara para o advento. Os que viajam, os que chegam, os que abraçam, os que presenteiam, os que surpreendem as crianças, os que se lembram dos pobres, o fazem em vosso nome.

Natal! Pequena pausa no ódio, no rancor, na indiferença, no desconhecimento do semelhante. Natal! Um minuto fulgurante para os corações que logo se fecham com a chave do egoísmo. Mas o milagre desse minuto é vosso, Menino Jesus.

Nascestes no desconforto de um abrigo de animais. A cidade rumorosa nem sequer percebeu vossa chegada.

Mas vossa estrela foi vista e acompanhada pelos humildes. Nascia com a estranha criança um mundo novo e nova esperança para aqueles que nada esperavam.

Trinta anos mais tarde, aquele infante rasgaria um horizonte para os derradeiros escravos e humilhados: "os últimos serão os primeiros". Sublevação da ordem natural demandando a cruz.

Sereis os primeiros, vós que nada tendes senão braços e músculos de trabalho para os poderosos de todos os tempos e nervos doloridos para a crueldade dos castigos. Dois mil anos decorridos vive ainda, nos corações, a promessa divina. Vinde a mim vós todos que estais em aflição e eu vos aliviarei.

Menino Jesus, o povo eleito esperou pela vossa presença quatro mil anos. Os profetas passavam e desapareciam afirmando a vossa vinda. As mulheres ansiavam pela maternidade na esperança de que de seus ventres saísse o prometido. E o privilégio se realizou naquela noite remota que a igreja exalta e que a humanidade comemora de forma incompleta como tudo que é humano.

Venceram-se os quatro domingos do Advento, simbolizando os quatro mil anos da vossa espera pelos que esperavam. Chegastes pequena criança com o vosso destino traçado de pobreza, incompreensão e perseguição pelo mesmo povo que vos aguardou ansioso. Nem pudestes crescer entre os vossos e na sombra das figueiras de Nazaré, na casa tranquila do carpinteiro. Fostes levado em fuga dos poderosos, já receando vossa pequenina sombra que mais tarde acolheria todos os desgraçados e oprimidos.

Menino Jesus, há tempos fizestes renascer os sonhadores da redenção social, todos os mártires da desigualdade humana, mas nem o menino de Belém alcançou a unanimidade no tema. Nem a pregação dos evangelistas, nem o verbo de João Batista, nem o sacrifício da cruz.

Senhor Menino, olhai bem vosso mundo e contemplai de perto os homens, feitos à imagem e semelhança de vosso Pai.

Menino Jesus, nesta noite de Natal, tão distante dos meus, abençoai o lar de meus filhos e sede guia e luz de meus netos. Acertai os passos de meus filhos e levantai o destino de meus netos e de todos os netos de todos os avós. Levai vossa presença aos desesperados, consolai os descrentes. Mostrai vosso caminho aos marginais de todas as cidades e detei os criminosos com vossa mão de infante. Levai os homens do governo para o acerto e para a justiça. Afastai o perigo das guerras e fazei com que os chefes de Estado possam ser compreendidos uns dos outros. Desarmai os fortes em benefício dos fracos e consolai, senhor, os que vivem na solidão.

Fazei, Menino Jesus, com que as comemorações do vosso dia entre as criaturas não se façam apenas com estes pequenos símbolos de auxílio dos que podem para aqueles que nada têm.

Fazei, pequena e poderosa criança, com que os pobres se lembrem sempre de que a parte deles será recebida na casa de vosso Pai. Fazei com que os poderosos da terra não se esqueçam de que já estão recebendo sua parte.

Santa Luzia

Recriação de cantigas folclóricas

Santa Luzia passou por aqui
no seu cavalinho
comendo capim.

Santa Luzia guarda os meninos
inocentes, que tudo veem.
Meus olhos, um dia, foram
meninos de Santa Luzia.

Santa Luzia passou por aqui
no seu cavalinho
comendo capim.

Tinha um cisco no meu olho.
Chamei três vezes – Santa Luzia.
Ela veio no galope.
Deu um assopro
E varreu o cisco

Santa Luzia vai chegar
no seu cavalinho
no dia 13.

Tanto ceguinho
que nada tem.
Só esperança de um dia ver.

Dos milagres de Santa Luzia

Um dia um menino cego
falou com a mãe:
– Mãe, conta como é a terra,
Como é a flor,
de que jeito é o sol...
E a mãe contou
que a terra tinha árvores,
tinha bichos e flores e frutas.
Que eram pobres. O pai plantava e colhia.
O sol era cor de ouro
e ninguém pegava nele
e ele cobria tudo.
Nascia grande, todos os dias
e adormecia com a noite.
E ia nascer noutras partes do mundo.
O menino queria ver o sol.
Pediu a Santa Luzia
Que deixasse ele ver só um pedacinho do sol.
e depois tirasse sua vista de novo.
No dia seguinte, um raio de sol
desceu sobre o menino.
Ele viu o sol, cantou de alegria
e nunca mais ficou cego.

Maria era peticega.
Santa Luzia sarou.
José tinha branca
a menina dos olhos.
Santa Luzia deu jeito.
Virou o branco em preto
e José está homem p'raí
tocando pistão na banda
pagando promessa a Santa Luzia.

Velas acesas pelas igrejas.
Preces. Pedidos.
Ofertas. Milagres,
da santinha, moça-menina
que um dia o carrasco
arrancou os olhos.
Deus-Jesus fez luzir de novo
e disse, mandou:
Vai pelo mundo, Santa Luzia
Dai vista aos cegos.

Todo dezembro
Santa Luzia volta à terra.
Traz esperança,
olhos de luz pra tanto cego
que nada vê.

Das cantigas de rezar

Amarrei ponta de abrolhos
Fiz toalha de algodão.
Promessa a Santa Luzia.
Ajudar no seu leilão.

Devoção da grande santa.
Será minha até a morte.
Sarei doença dos olhos
com água de Santa Luzia.

Este dia de dezembro
não é mandado da igreja.
Só que o povo fez dele
seu dia-santo maior.
Missa, reza, procissão.
Prendas e muitas flores.
Tudo de bom coração.

Santa Luzia passou por aqui
no seu cavalinho comendo capim.
Dei pão, dei vinho
dei água de cheiro pra lavar
seu cavalinho.
Santa Luzia vai pelo mundo
com sol e chuva.
Vai pelo mundo – no seu cavalinho.
Vai de galope.
Sarando os cegos
com pão e vinho.
Santa Luzia: – guarda os meninos.
Guarda meus olhos.
Tem dó de mim.

No Gosto do Povo

Em Goiás tudo é velho: as casas, os telhados, as igrejas, os muros, as ruas e os becos. O calçamento das ruas, o velho chafariz, esse então é o monstro sagrado. Dito pitorescamente, Chafariz de Cauda.

O Museu criado com cem anos de atraso, quando os de fora, compradores de antiguidades tinham já vasculhado as casas e levado para longe seu melhor conteúdo em peças de mobília, santos e oratórios, almofadados de portas e uns famigerados cabidos mancebos. Muita prata portuguesa, louças importadas, faqueiros e castiçais de prata dourada, relógios antigos e todo um pesado artefato de cobre batido.

Passaram pela sede do governo, Presidentes e Governadores, políticos e militares, homens cultos, formados e viajados. Oligarcas e demoradas oligarquias e nenhum se lembrou, jamais, de criar um Museu para proteger e resguardar o acervo valioso da cidade. Este que aí está, dito Museu das Bandeiras, não consta de nenhum decreto de sua fundação, batizado pelo povo sem chancela oficial. Adaptada à antiga cadeia para resguardar o acervo valioso do Estado que estava amontoado e se perdendo sem proteção como muito se perdeu e uma parte se salvou. Hoje Museu das Bandeiras na voz popular, sem verbas para aquisição de peças, pobre mas valioso pelo documentário secular do que ficou.

O calçamento da cidade tem promessa de uma breve restauração, ressalvada do bloquete, esta parte central, resguardada pelo tombamento que vai sistematicamente conservando e procurando manter em coesão a área central na fidelidade do seu barroco pobre e já bem mutilado.

Muito mais está programado pela Secretaria do Patrimônio Histórico e Artístico Nacional. Lembraria aqui a sábia conveniência de voltarem ruas e largos a sua antiga denominação tão original e saborosa. Para exemplo temos o Larguinho do Retemtem, marcado numa placa azul, pretenciosamente – Praça Pinheiro Machado. Também aos becos faltam placas com os devidos nomes, enquanto que por um malabarismo verbal viram travessa como se a palavra beco tivesse conotação menos gramatical e honesta. Para bom exemplo temos na Bahia, sua capital, conservando velhas denominações como Baixa do Sapateiro, Água dos Meninos, rua dos Inforcados, que lá está vigilante o seu grande defensor, Jorge Amado. E que diremos de encontrar em Belém do Pará um mercado Central cujo nome saboroso: Ver o Peso é Conhecido no País Inteiro!...

Assim, proponho como reverência ao passado que nesta cidade de Goiás seja emanado de quem de direito um Decreto a favor do nome Goiás ser ajustado à cidade na sua grafia antiga de Goyaz com Y e com Z e mais que o beco volte a ser beco na placa indicativa e largo deixe de ser praça e volte aos seus nomes de tradição no gosto do povo.

Vitalinas

Goiás, em todos os tempos, sempre teve um estoque respeitável de moças passadas, sem casar, batidas para a retaguarda por uma formação de brotos vanguardeiros. Elas, então, se refugiam nas repartições como funcionárias eficientes numa transferência de suas frustrações matrimoniais. Voltam-se também para a igreja e fervores religiosos e ingressam na legião das filhas de Maria e vão zelar do apostolado. Goiás, cidade donde as moças emigram para estudos superiores ou profissões melhor remuneradas, ficam as mulheres a quem falta a chance, e, muitas vezes, sacrificadas por um preconceito ferrenho ou dominadas pelo sentimento de família. Estas ficam e envelhecem como guardiãs do passado, confinadas nos lares donde avós e pais já partiram para o descanso e irmãos já se casaram e vivem longe. No entanto, de vez em quando uma dessas moças, já desanimadas, se casa. São comentários na cidade e animação no sol das que ainda se apegam a uma fugidia esperança.

Nhô Chico Fialho e Sá Donana tinham sua loja de coisas velhas, prateleiras antigas envidraçadas, balcão pesado e panos antiquados. Eram velhos ricos e não faziam conta de freguesia. Os sírios que chegavam e abriam suas portinhas, eram novos, alertas, espertos e queriam fregueses. A loja de Nhô Chico era ponto de reunião de velhos amigos em conversas do passado.

Naquele tempo quase tudo vinha da França: tecidos, calçados, sombrinha, espelho, cosméticos, escovas, pastas e bonecas. As bonecas eram comigo. Onde via boneca passava ali a comprar linha, botões e outros mandados da casa. Isso para ver e desejar as bonecas, porque comprar, só mesmo alguma de pano feita por Sá Luca e que custava 40 réis, vestidinha e calçada.

A loja de Nhô Chico tinha uma coleção de bonecas, assim de palmo, com pernas, braços e busto de louça e corpinho delgado de tela cor-de-rosa com enchimento de serragem, vestidas a preceito – de calça, anágua, vestido cinturado, avental rodeado de renda e chapeuzinho, colado na cabeça, de palha ou renda e presas, num mostruário de papelão, por fios de borracha segurando o pescoço e os pés juntos. Devia ser coisa de 2.500 réis. Não mais, e a menina ali escolhia a do agrado: roupa cor-de-rosa, vermelha, azul ou amarela. Como a loja era de pouco movimento a gente logo percebia quando faltava uma boneca na vitrina, sempre empoeirada. Lá um dia, por acaso Nhô Chico tomava do espanador e espanava a poeira das bonecas e botava o mostruário na frente, de forma mais visível.

Quando se casava uma das moças-velhas de Goiás, a língua do povo comentava, ferina: – Sempre saiu uma das bonecas do Chico Fialho...

Hóspedes e Hospitalidade

Aquela mulher... Alta, ossuda, duvidável. Raça de chatos. Via-se. Chata à primeira vista.

Foi assim: ela estava na casa da mãe da amiga. Nem contraparente. Estava. Sempre, por vida. Descuidosa, novidadeira, banal. Estava àquela hora. Contava fofocas. Esmiuçava. Maliciava. Acasos de vizinhança. Tolerável; em havendo paciência, mais resignação.

Era chata, toda gente falava.

Chegou então a moça, amiga da amiga, de nome Ofelina. Cumprimentos; abraços recortados de risos, sorrisos sem causa que se visse ou ouvisse. Conversinhas delas; se entendiam.

A chata, intrometida, participante. Queria saber o nome da cidade; a família da moça. A moça Ofelina voltava, se despedia prazenteira, convidada para almoçar, na casa da amiga, aquele dia.

A hora fatal: a moça Ofelina convidou a amiga, insistente, para dar passeio em sua cidade – Goiás Velho, pejorativamente. A amiga se encantou... prometeu. Aceitava o convite para a festa do Rosário.

A chata, chata mesmo, presente, salientou-se. Tomou a palavra: sempre teve vontade de conhecer aquela cidade. Tinha até uma promessa a pagar, às almas esquecidas em cemitério velho. Acender duas velas bentas, em sepultura rasa. Graça forte alcançada, contou, doença maligna, caso comprido, sem nota. As moças resignadas; educação desusada – davam atenção.

A moça de nome Ofelina, escorregou, claudicou. A esparrela, a isca... que então, sendo, fosse com a amiga, ficasse em sua casa. Tinha prazer. Cumprisse a promessa. Bonita a festa do Rosário! Assim, sem calor. Delicadeza convencional, circunstanciada.

Convidou por convidar, nem sabia, parenta da amiga, decerto suscetível, sem premonição.

A chata, intemperante, aceitou. Seria companhia da vizinha, se não incomodasse... Nada, só prazer (Deus sabe!).

A amiga, com os olhos, advertiu. Fora do tempo. Estava predestinado.

A moça, Ofelina, de volta, chegou a Goiás, na casa de seus pais. Contou, exultou. Deu aviso: convidou a amiga passar uns dias. Assistir a festa do Rosário, ficar em sua casa. Os pais aprovaram. Nenhum problema. Mais uma cama no quarto. Companhia moça, alegre, sempre avisando.

Não nomeou a outra, o convite aquiescente. Nem pensou. A memória em nuvens... Esqueceu. O lapso.

Foi que chegou a amiga, dentro do prazo, certinho. Nem antes, nem depois. Também a chata. Pesada mala de viagem, arrastada do portão, estufada, amarrada, ensacada. Rouparia de delongas, e mais embrulhos, adendos, adventícios, sufragânios.

Surpresa! Lembrou-se tarde... não acreditava! Fato consumado. Apresentou. Nem sabia o nome. Troca de olhares, linguagem muda, censurável. Olhos paternos, olhos maternos. Olhar filial, piedoso... Urgências...

A amiga lavou as mãos, à Pilatos. Inculpável!

De resto, todos se recompondo razoavelmente. Fato consumado.

Hóspedes... Hospitalidade... etc.

A chata, intemperante. Chateando. Loquaz. Dramatizando, se encarecendo vaidosa. Companhia respeitável.

Viagem curta, sem incidentes, nada a contar. Ela a dar-se... os homens, faltos de respeito, repassando o olho... as moças assanhadas, regateiras, oferecidas... o apertão do ônibus...

Queria aproveitar a viagem, comprar coisas, antiguidades... Decerto tudo encontradiço, barato, naquela cidade pacata de gente boa. Muito não; um almofariz, talheres de prata, uma salva antiga.

Vinha no convite insistente da moça Ofelina. Dar gosto, fazer companhia.

A chata chateando, dialogando, monologando, se impondo. Dava suas medidas.

Foi daí, veio a semana da festa.

A chata colada às moças. Guardiã perene, afugentando os paqueras, policiando flertes, intimidando os namorados, tutelando.

As moças sofredoras, sufragando, subornando os santos. Marcavam passeios, em segredo, cinzando. Lembravam repouso, soneca. Punham medo do calor da cidade, casos inverídicos de insolação, febres... Ligavam a TV de dia, ajeitavam cadeira confortável; armavam rede. Ofereceram amostras de crochê; promoveram linha, agulha. Imagináveis as moças; descobriram um livro de receitas; insinuaram cooperação culinária, bolos, tortas. Mostraram batedeira, liquidificador, ovos, aviamentos...

A chata abstrata, contrapondo sua vontade de conhecer os pratos tradicionais da cidade. Teórica.

Os dias passando... graças a Deus! As moças andejando. Os da casa enfastiados, deprimidos. O tempo em rotação lenta...

Seja pelo amor de Deus! Não caia noutra! Temos de aguentar...

A amiga inculpável, naquela sem-graceza imaginável!

O dono da casa, cedo, no mercado, baldeando panelas de barro, potes, trançados, gamelas; até um pilão! Comprando extras: queijo fresco, lombo, frangos, guarirobas; inventando tripas ao coração; fazendo transplantes vicerais; suprindo a dispensa desfalcada, o orçamento em desequilíbrio nefasto. Ressalvadas as normas da hospitalidade. Os hóspedes... etc.

A chata, na primeira noite, requereu, chatíssima, uma serventia para o quarto: bacia, água morna. Previdente. Ficara vezes trancada no banheiro. Chave, trinco, fechadura, entrincheirados... um tanto; gente desacostumada, mão estranha. Os donos sabiam do comando – abriam e fechavam fácil. Conluiados reagiram à chata – trancados, truncados, hostis.

A dona da casa acudia, despejada, manhã clara.

Véspera de retorno. Língua passada, palavras medidas, o usual, sem alardes. Proibido: voltar quando quiser, casa sempre às ordens, desculpar o mau passadio, faltas... fidúcias tais, não. Cumprir o essencial sagrado: hóspedes, hospitalidade.

O imprevisto nunca deu aviso. Imprevisível sempre. (Conselheiro Acácio).

Último repasto: leitoa, arroz de forno, virado de feijão fradinho, empadas, ovos, linguiça, almôndegas. A chata gostou; entrou sem reservas; imprevidente. Tarde da noite um corre-corre. Empanturramento. Regurgitação. Culpas lançadas à leitoa... dá-se... Um sonrisal. Leite de magnésia. Chá de tomba. Valeu.

Valeu a serventia. Negou cooperação a chave, o trinco, a maçaneta do banheiro. Culpável a chata? Não tanto. Aliviada procurou, madrugada alta, sorrateira, verter no vaso a serventia. O trinco, a lingueta, a chave, combinados, irônicos, escarnecedores, deram-se as mãos. Emitiram até mesmo, de espião, um preguinho não suspeitado antes, pontinha assim espinho perfurante, sanguinário, belicoso. A porta rebelde, obstinada, insensível.

Postada, encostada, invisível, de par com a parede, ficou a serventia. Ela, a autora, no quarto, atenta ao primeiro que madrugasse e abrisse a porta neutra.

Foi mesmo o anfitrião:

Pijama, pés descalços. Apressado.

O encontro total. O revirado. Uma praga. Um palavrão. O ar poluído. Voltado o comutador; acesa a lâmpada – o comprovante: os resíduos; o inexorável... etc.

No quarto das moças, um riso abafado debaixo das cobertas.

A chata na moita, ausente, no faz de conta. Sua porta lacrada. Fosse tola, dar a cara, se desculpar, pegar balde, passo, escova, fazer faxina...

Culpados os donos da casa, trazer fecho do banheiro inabilitado, sem dar conserto; convidar visitas, insistir com hóspedes. Culpada, ela...? Essa não!

Só apareceu tarde, impessoal. Lamentou a noite mal passada; nem dormiu... Debilitada, requereu chá com torradas.

Os anfitriões... alegar o quê? Dar indiretas? Maltratar? Ficaram na deles: corretos, heroicos.

Almoçaram, cedo, roupa velha da leitoa, empada fria, um gostoso requentado das sobras.

A chata preferiu uma canja.

No ônibus do meio-dia, as hóspedes se mandaram.

Os hospedeiros deram-se por satisfeitos.

Hóspedes... hospitalidade...

Trincos, Pinos e Tramelinhas

Antigamente, as boas casas de Goiás tinham janelas de rótulas como tiveram todas as cidades coloniais deste imenso Brasil.

Em Goiás elas sobreviveram por mais de dois séculos, sobrevivem ainda com velhos costumes domésticos que vão se diluindo através das gerações, ao tempo que as rótulas se modificam sem desaparecer de todo.

Nestes últimos tempos têm sido substituídas por venezianas abrindo-se para dentro. Sim, que as rótulas se abriam para fora, em Goiás e em toda parte.

Mesmo desusadas e substituídas inda restam algumas em casas não reformadas. Noutras foram simplesmente pregadas, enquanto que as restantes continuam se abrindo para o lado da rua.

Foi muito variada no Brasil a esquadria das rótulas. Nem sabemos bem se elas vieram de Portugal ou de Espanha, se eram autenticamente lusas ou mouriscas.

Foram elas o documentário mais expressivo da segregação da fêmea dentro da casa senhorial.

As de Goiás eram as chamadas rótulas de tabuleta, de tabuinhas, de colocação horizontal, grampeadas num pino vertical, móvel, com trincos e tramelinhas laterais, para abrir e fechar à vontade.

As paredes onde se encaixavam essas janelas eram de notável espessura, como inda se vê em tantas casas. Comportavam internamente, dos lados, assentos lisos ou com almofadas onde as mulheres, mais comodamente, pudessem estar à rótula.

Movendo trincos, pinos e tramelinhas era que a gente da casa via o pequeno mundo da cidade e tomava conhecimento de seus moradores.

Moleques da Minha Terra

Meninos das ruas, sem peias, desabusados, dizendo nomes, fazendo gestos.

Meninos de todas as idades, de todos os tempos – moleques de rua...

Já não os encontro em Goiás, como no passado. O autêntico moleque da cidade, inegavelmente, entrou na órbita da evolução e gravita em outros setores de interesse seu eixo de atividades. O bom moleque goiano anda civilizado: tem leitura, frequenta cinema, lê gibi e traz dinheiro numa carteira de plástico, metida no bolso.

Velho menino de rua, das ruas da minha terra: – onde anda você?

Em tardes de vento já não sobem, no espaço, do lado de Santa Bárbara, as grandes raias mijonas e rabudas que levavam todo um carretel de linha Clark, sumindo no espaço. Já não sobem os avisos detentores de grande impulso ameaçando a linha da terra, em risco de perder a grande nave de papel de seda, bem arqueada. Nenhum moleque do grupo adversário lança seu corsário inimigo, com seu gume de vidro fino, sobre a raia vitoriosa se perdendo nas

87

nuvens, levando todas as 200 jardas da Clark e recebendo aviso e pedindo linha. Nenhum grupo inimigo fechava a tarde esportiva quando as pandorgas eram recolhidas em triunfo e aclamações, se lançando sobre os vencedores, estraçalhando as frágeis armações, tomando pela força os carretéis, trocando sopapos, abrindo brechas nas cabeças e embolando no aloite.[1]

Inegavelmente, o menino de rua de Goiás evoluiu em vários de seus clássicos aspectos. O moleque, em regra, era insuperável de imoralidade. Era dono do palavrão e do gesto obsceno – eram suas armas prontas de combate e... pernas para correr.

Havia as formas de reação mais inofensivas: mostrar a língua, estender dois palmos na frente, caretear.

Eram os donos do Rio Vermelho. Tomavam seus banhos prolongados e repetidos em todos os poços do velho rio – do poço do Bispo à Pinguelona, eram os senhores meninos, quase homens, tomavam seus banhos até debaixo da Ponte da Lapa, descaradamente nus. Faziam da ponte, trampolim. Minha mãe proibia de chegarmos às janelas. Mesmo os homens, *habituès* da Carioca, não vestiam maiô para o banho matinal, escandalizando as lavadeiras.

Hoje nenhum molequinho de oito ou dez anos entra no rio sem estar vestido de calção e, olhe lá, isto sem interferência de pais ou autoridades.

A criança evoluiu no seu pudor. As antigas paredes e muros de Goiás eram borrados de obscenidades várias.

---

[1] Aloite: luta.

O jargão obsceno ilustrado do desenho primário e pornográfico.

Era certo, quando a gente, menina, saía de casa com os mais velhos, o aviso energético e incisivo: – Não olha a parede...

Já a gente sabia: lá estava a obscenidade e desenho ilustrativo, em caixa alta, a carvão, mais comumente à ponta de prego. Não perdiam tempo com letrinhas de ponta de lápis.

Hoje pode-se andar pela cidade toda, de ponta a ponta. Não há expressões, nem ilustrações que escandalizem. Inegavelmente, o interesse lúdico da criança, da rua, evoluiu para setores outros como sejam as estórias em quadrinhos, revistas e quadros de fitas de cinema, fugindo desse primarismo sexual inferior.

Pedras

Os morros cantam para meus sentidos
a música dos vegetais
que se movem ao vento.

As pedras imóveis me enviam
uma bênção ancestral.
Debaixo da minha janela
se estende a pedra-mãe.

Que mãos calejadas
e imensas mãos sofridas de escravos
a teriam posto ali,
para sempre?

Pedras sagradas da minha cidade,
nossa íntima comunicação.
Lavada pelas chuvas,
queimada pelo sol,
bela laje velhíssima e morena.

Eu a desejaria sobre meu túmulo
e no silêncio da morte,
você, uma pedra viva, e eu,
teríamos uma fala
do começo das eras.

Siá Matilde

Um dia, na minha adolescência, numa fazenda de sonho de nome Paraíso, eu ia com uma pobre moradeira de meu avô, chamada Matilde, Siá Matilde. Íamos a passeio, a um lugar chamado Mata, onde moravam sua mãe e irmãos. Viajávamos a cavalo e tínhamos saído pela manhã, para almoçarmos no rancho dessa família muito humilde e muito pobre. Levávamos alguns presentes para compensar e uma grande alegria com aquele passeio, na distância de três léguas. Montávamos em montaria do tempo: sela adequada às mulheres, onde iam assentadas e não enganchadas em selas masculinas, como se vê hoje.

Essa Siá Matilde tinha sua morada na terra de meu avô: lugarzinho aprazível chamado Barro Preto, de boas águas correntes e melhor argila para "boa loiça" que as paneleiras de roda faziam com habilidade nata, tradicional e rolativa.

Ranchinho sempre limpo; cama jirau de colchão de palha, coberto com cobertas de retalhos desiguais e uma pesada manta de tear, bem dobrada, e os agrados... Aquela pobreza limpa e alegre, prazenteira, oferecia, tão logo a gente chegava, um guisado de abobrinha verde, apanhada mesmo ao pé do rancho, uns ovos cozidos dentro, coentro, pimenta de cheiro, tudo feito um virado de farinha de milho, que a gente moça comia com um prazer de animais de boa boca. Dali partimos para a Mata, caminhos que ela e o filho Antero palmilhavam no constante, a pé ou a cavalo.

Siá Matilde e Antero nos prometeram mostrar uma coisa que íamos gostar muito, numa volta do caminho. Indagada, perguntada, ela disse resumida: umas "fulores". Umas "fulores", fiquei pensando e mais não perguntei. Havia ali um mistério. Ela faladeira que era, tinha economizado as palavras. Uma surpresa para nós, sempre curiosas e interessadas pelas flores do campo e parasitas do beira-corgo, abundantes naquela fazenda de sonho.

Andamos que andamos; atravessamos aguadas e restingas, vi ramas, campeadores ao espanto de manadas soltas, empastadas naqueles campos onde o gado alheio e sem dono tentando investir assomado a que o menino Antero pronto, dava espanto para recuo, boleando o relho e o grito vitorioso de futuro vaqueiro.

Numa dessa, ela falou: – É por aqui.

Fez um entreparo, torceu a rédea e deixou o caminho. Acompanhamos dentro de um mato ralo, pisoteado, trilheiro de caça miúda e animais de curral, procurando água.

Era uma esplanada, vasta pedreira confinada pelo mato e limitada por um ribeirão de margem encascalhada. Deparamos num espanto, que ainda sinto nesta longínqua evocação. A vasta esplanada de pedra rugosa estendia-se coberta de orquídeas roxas e brancas nos tons variados que comportam essas tonalidades.

Era um estendal, uma cobertura, como só vi uma vez. Havia um marejar de água nas fissuras do vento; as folhas trazidas dos matos tinham dado uma cobertura de lodo àquelas pedras, um revestimento de veludo macio e verde e os pássaros tinham coadjuvado, trazendo as pequenas sementes, e o milagre tinha-se feito: a pedra se cobrira de flores abertas e abotoadas e frutos maduros sementeando no cenário rústico, deslumbrante, jamais visto, cuja evocação me traz, ainda, uma soma de felicidade interior, e muitos anos são passados...

Rio Vermelho

Goiás tem um rio que a recorta, dividindo a cidade em duas partes iguais. É um antigo e lendário rio de ouro e minerações passadas em cujas ribas agrestes o bandeirante plantou o marco da primeira descoberta.

Nasci nas margens desse doce rio e o seu murmúrio ininterrupto embalou o berço da minha infância, fecundou e perfumou a flor da minha adolescência, acalentando com amavio estranho os sonhos da minha fantasia. As águas sempre correntes, sempre apressadas, quando passavam pela velha casa onde nasci, iam mais vagarosas, mais lentas e contavam-me longas e formosíssimas histórias das margens por onde andavam, dos bosques onde refletiram a verde roupagem das árvores, do ignoto donde vinham e do desconhecido para onde iam, cantando e falando, falando e correndo sempre...

E eu ficava longas e compridas horas, olhando pasmada para essas águas que corriam, corriam sem nunca se deterem, sem nunca se cansarem, atenta para essas histórias de maravilhas e de sonhos que só eu ouvia. Nas noites de abril, quando o luar vem lavar nas águas a alvura de seus véus e a cidade dorme e sonha sob um vasto coradouro de linhos e cambraias. Nas noites escuras, em que as águas espelham a verde luz do verde olhar dos astros, o rio tem estremecimentos humanos e repercute longínquo a abemolada surdina das serenatas distantes...

Pelas cheias, quando as chuvas lentas e monótonas fazem os dias goianos úmidos e tristonhos, a água do rio toma a cor de sangue do seu nome e num coro de vozes formidandas entoa um cantochão funéreo e grave.

Troncos arrancados, galharadas verdes onde fremiram asas e balouçaram ninhos, detritos, resíduos, escórias e sedimentos, as águas encachoeiradas lavam e arrastam com violenta fúria...

Depois, a vazante; e o rio, no comprido de seu leito, recai na acalmia do ordinário curso.

As águas volvem a correr compassivas e mansas com a mesma feiticeira mansidão que embalou e deu asas aos sonhos de minha adolescência.

Meus ouvidos ouvem sempre a voz amiga, oh!, águas longínquas de minha terra, sempre a correr, sempre a cantar coleando as margens, dormitando um instante na tranquilidade profunda do remanso, despenhando-se das pedras, vencendo as distâncias, afloradas de largas folhas de taioba e nenúfares verdes, ecoando nas noites de verão a coral sinfonia dos sapos e das rãs que moram no recôncavo das tuas pedras!...

Depois, oh!, rio, de espelhares as pontes, refletires os cais que te marginam e estreitam e as casas que te comprimem e apertam, além, já longe, amplias e cresces, bebendo sôfrego os regatos e córregos humildes que encontras no teu curso, até que, afinal, tu mesmo, grande, enorme, volumoso, entras, te ajustas, confundindo-te para sempre nas águas vastas, ermas e azuis do mais belo dos rios, do desconhecido e maravilhoso Araguaia.

Longe de ti, oh!, Rio Vermelho da saudade, meus olhos têm sede das tuas águas, meus ouvidos anseiam pela tua voz blandiciosa e sedativa que despertou complacente as ilusões de minha adolescência...

Oh! Águas antigas e tranquilas! corríeis, corrícis e eu vendo-vos correr, ouvindo-vos cantar, fiava e desfiava sempre a teia luminosa de meus sonhos.

Oh!, águas feiticeiras, cúmplices do meu grande infortúnio lavai uma vez, na tua piedosa cheia, os sedimentos e resíduos da minha dorida amargura...

Longe, longe, junto à casa onde nasci, passais aligeiradas, correndo e cantando, falando e contando sempre as lendas de Anhanguera e as lendas de Goiá.

Rio abaixo, ao abandono, boiou e rodou, perdendo-se para sempre, a teia emaranhada de meus sonhos mortos...

Na minha alma, hoje, também corre um rio, um longo e silencioso rio de lágrimas que meus olhos fiaram uma a uma e que há de ir subindo, subindo sempre, até afogar e submergir na tua profundez sombria a intensidade da minha dor!...

O Cântico da Volta

Velha casa de Goiás. Acolhedora e amiga, recende a coisas antigas de gente boa.

Vem de dentro um cheiro familiar de jasmins, resedá e calda grossa – doce de figo ou caju.

Um tacho de cobre areado referve numa trempe de pedras. Uma braçada de lenha e gravetos acende o fogo ancestral.

A "porta do meio", com sua aldrava de palmatória, sempre cerrada, como no tempo das Sinhás-Moças. A "porta da rua", sempre aberta, num corredor de lajes largas e polidas pelo piso das gerações.

A cidade-mãe nem me surpreendeu, nem me desencantou.

Conservada, firme, bem empostada, tem recatos de mistério, tem feitiço de prender.

Valiosa e interessante essa madeirama pesada que escravos lavraram e estas pedras manuseadas por gente rude e estes muros e beirais anacrônicos.

Relembra Bandeiras e minerações passadas. Muita lenda de ouro remanescente, que os antigos enterravam na espessura dos paredões socados. Achados empolgantes, buscas sugestivas, atrações singulares e assombrações, de permeio, criando um rico folclore local.

Sombras do passado deslizam pelas ruas estreitas e curtas, quebradas em ângulos imprevistos, abrindo-se em largos de simetria obsoleta.

Vou identificando os da minha geração e encarando de frente e inquirindo de perto os que sabem mais que eu.

A cidade bicentenária, assentada sobre pedras, sobre pedras se apruma e se sustenta.

Soldadas suas casas, paredes com paredes, portas com portas; agrupadas e unidas, num esforço tenaz e expressivo de apoio e coordenação defensiva.

Sentiu com altivez o tremendo impacto da mudança. Não se despovoou nem se desagregou com a grande expoliação.

No seu progresso atual, sente-se um novo sentido de ajustamento, solidariedade e união dos que ficaram, se impondo com dignidade ao respeito e admiração dos que partiram.

Sobrevive aqui, ainda e sempre, o mesmo determinismo histórico que fez viver e florescer, dentro desta muralha de serras e rodeada destas águas vivas, uma autêntica civilização que, no enluramento[1] de dois séculos, se considerou um dia madura e apta para ser mudada, sem se esfacelar, deixando ainda, para os pósteros, raízes fortes e sementes fecundas.

Goiânia! O grande milagre de Goiás e da gente goiana!

---

[1] Enluramento: isolamento.

Quarenta anos decorridos!

Outros tantos que iniciei o retorno, numa migração inconsciente e obscura, tenaz e muda, tendo a Serra Dourada como sigla, os morros por roteiro e as arestas da vida me demorando os passos; e sobretudo, e acima de tudo, o chamado ritual, agudo e poderoso da terra.

A vestal vigilante da minha saudade sempre conservou acesa a candeia votiva da ternura pelo meu duro berço de pedras.

Os morros verdes parece que vestiram para mim galas vegetais; festivo o azul lavado dos ares, e no meu cansado coração, uma festa maior: – A festa da Volta às Origens da Vida.

Plena Semana Santa.

A riqueza cromática dos sinos veste a cidade de uma velha mística religiosa, sonora e vaga, a que as procissões e andores de Dolorosas dão vida e cor.

A cidade lendária me toma nos braços, me enlaça e prende. Euforia, levitação...

Sinto-me renascer para o Canto Novo!

A Bênção do Fogo! O Canto das Profecias!

Aleluia... Aleluia...

O Rio Vermelho, de águas avolumadas, corre, como sempre cantando e pulando de pedra em pedra, como nos dias da minha infância.

Menina que passa na ponte, menina que pára, que espia o rio.

Eu me revejo em ti. Pequena, magriça, feia, despenteada, de jeito rebelde.

Sou eu mesma que me reencontro em você, pequena goiana, incerta, desgraciosa, marcada pelo ferro em brasa de um destino duro.

Ouço as lavadeiras do rio Vermelho...

Vejo, metidas n'água, as tradicionais mulheres da terra. Cafusas, morenas, trigueiras e retintas, de idade indefinida; têm a seu cargo fazer limpa a roupa suja da cidade (sem alusão malina).

Quando de tarde, atravessam as ruas, grandes trouxas alvacentas, equilibradas nas trunfas, têm um cheiro infante e gostoso de gente limpa, água e sabão.

Batem roupa o dia todo, à moda antiga, acompanhando com o compasso do tempo o ritmo da correnteza.

Sabem histórias do peixe encantado, tantas vezes encontrado, perdido e procurado.

Andam de engorras com a Mãe d'água. Nas durezas do ofício, se valem de São Caetano, bom santo, solícito e camarada; não é santo enjoado, de difícil atenção, e por isso, na volta do dia, elas vestem de colorido as margens do velho rio, ou seja, os altares do Santo amigo.

A cidade vai num anseio de valorização e progresso que sacode e empolga todo o Estado.

A juventude, inteiramente desintegrada do passado, enfeita as ruas e namora, confiante num melhor destino.

E a gente da velha ala?

Enraizada como velhas figueiras, agarrada às tradições e aos encantamentos da terra, sustentáculos, colunas e cariátides; embasamento, concreto e arcabouço, amparo e anteparo da cidade frustrada.

Velhas sentinelas que morrem no posto de honra; defensores tenazes e valentes do que aqui resta, de quanto aqui ficou, qual seja, o valioso Patrimônio histórico e cultural e as nobres tradições de Goiás.

Uma nova esperança acena no horizonte.

Com a expansão de Goiânia e com a possibilidade da mudança da Capital Federal para o planalto, Goiás será, sem dúvida, um centro de turismo, dos mais interessantes do país.

Assim compreendam seus assistentes e responsáveis, impedindo, em tempo, maiores atentados ao seu feitio característico e tradicional que merece ser inteligentemente resguardado.

Para ti, cidade-*mater*, este cântico perdido de quem volta às origens da Vida.

Índice

Apresentação 7

O Velho Telhado 9

Sinos de Goiás...11

Mutações...17

Um Carnaval Antigo..21

Goiás e Suas Uvas...25

Maravilhas da Casa Velha da Ponte 31

A Catedral de Goiás...35

Um Vencedor...41

Azul e Branco..49

Oração de Natal 55

Santa Luzia...61

No Gosto do Povo 73

Vitalinas..77

Hóspedes e Hospitalidade...79

Trincos, Pinos e Tramelinhas..85

Moleques da Minha Terra..87

Pedras...93

Siá Matilde 97

Rio Vermelho...101

O Cântico da Volta...105